KB263915

오늘도 웃음꽃 피는 학교에 갑니다

# 오늘도 웃음꽃 피는 학교에 갑니다

윤상원 글 / ChatGPT 그림

하움

# 웃음꽃

# 웃 음 꽃

학교 화단 이름 모를
예쁜 꽃

운동장 뛰어노는
아이들의 함박 웃음꽃

뭐가 그리 우스울까?
뭐가 그리 재밌을까?
함박 웃음꽃

학교 안은 온통
함박꽃이 피었네

# 오늘부터 1 학년

# 오늘부터 1학년

아이도 두근두근
엄마도 두근두근


"환영합니다."
"입학을 축하합니다."
교장 선생님 환영 인사


책가방도 낯설고
교실도 낯설고
분위기도 낯설고


선생님과 눈 마주치면
발끝만 보아요.


친구와 잘 지낼 수 있을까?
화장실은 잘 갈 수 있을까?
바른 태도로 공부할 수 있을까?

엄마 마음

걱정 가득


그래! 나는 오늘부터 의젓한 1학년

그래! 너는 오늘부터 의젓한 엄마 딸

1학년
입학식

# 승부의 세계

# 승부의 세계

두근두근
반장 선거

교실엔
긴장 바람

'제훈이' 열네 표
'수빈이' 열두 표

제훈이 입꼬리
슬금슬금 올라가고

수빈이 입꼬리
힘없이 내려가고

축하 박수 짝짝짝!
위로 박수 짝짝짝!

아이들은! 아이들은!

이렇게 커가는구나!

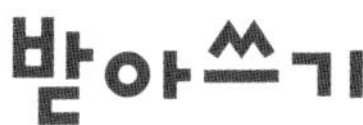

# 받아쓰기

# 받아쓰기

침이 꼴깍
입술 바짝

썼다가 지웠다.
썼다가 지웠다.

책장 위 가득
지우개 똥

"많아서" "마나서"
갸웃갸웃

"거북이" "거부기"
갸웃갸웃

"밑에서" "미테서"
갸웃갸웃

긴장 가득 걱정 가득

한글 받아쓰기


오른쪽 왼쪽 위아래

오늘도 바쁜 사각 지우개


책상 위 지우개 똥 그득

책상 위 긴장감 가득

# 사월의 눈꽃

# 사월의 눈꽃

눈이 내리네
눈꽃이 내리네


신난 아이들
이리 뛰고 저리 뛰고


벚꽃도 떨어지기 아쉬워
이리 살랑 저리 살랑


아이들 행복 표정
왁자지껄 웃음바다


어김없이 내리는
사월의 눈꽃

# 아이들 세상

# 아이들 세상

아이들 세상에
빠져보자 풍~덩


놀 생각 가득가득
뜀 생각 가득가득


장난 그득그득
행복 그득그득


아이들 세상에
빠져보자 풍~덩

# 종소리

## 종 소 리

얼마나 힘들었을까?
얼마나 기다렸을까?

쉬는 시간을 알리는
행복 종소리

왁자지껄 교실 안
웃음 가~득 운동장

야속한 종소리
수업 시작 알리고

근심 가득가득
아쉬움 그득그득

행복과 아쉬움의
학교 종소리

# 종이꽃

# 종 이 꽃

예쁘게 고이 접은
색종이 카네이션

삐뚤빼뚤 감사 마음
꾹꾹 눌러 담아

"선생님 사랑해요."
"선생님 감사해요."

고사리손으로
달아 주는 종이꽃

고사리손으로
건네주는 감사 편지

마음을 다해 부르는
스승의 날 노래

눈가엔 눈물이 핑~

가슴엔 따뜻한 온기


힘든 일도 슬픈 일도

푸른 하늘로 훨훨

# 배꼽시계

# 배 꼽 시 계

오늘은 좋아하는
닭 다리 나오는 날

뱃속은 이미 전쟁 중
꼬르륵꼬르륵

시간은 느릿느릿
꼼지락꼼지락

눈빛은 반짝반짝
발끝은 들썩들썩

기다리고 기다리던
맛있는 급식 시간

가장 예쁜 미소로
"닭 다리 하나 더 주세요!"

닭강정 하나 더 톡

선생님 미소 한 스푼


행복 쿡쿡

웃음 쿡쿡

# 짝꿍의 힘

# 짝꿍의 힘

오늘은
짝꿍 바꾸는 날


누가 될까?
누가 앉을까?


내 옆에 톡~ 앉은
긴 머리 예쁜 여학생


마음은 두근두근
심장은 콩닥콩닥


장난도 못 치고
눈도 못 맞추고


개구쟁이 개똥이!
낯선 바른 태도

선생님 행복 표정

선생님 행복 미소

# 웃음 맛 삼층밥

# 웃음맛 삼층밥

보글보글 끓는 소리
몽글몽글 하얀 구름


솥에서 땀이 나고.
솥에서 냄새가 흐르고.


"음… 밥 냄새가."
이미 벌써 까매진 밥


심각한 친구 얼굴
이내 모두 까르르륵


배 속은 꼬르르르…
밥 달라고 꼬르르르…


흰밥만 조심조심
웃음 맛 삼층밥

설거지 당번

가위! 바위! 보!


오늘 운수 좋은 날

휘파람 불며 행복 나무 의자에

행복 웃음
전쟁터

# 행복 웃음 전쟁터

허공을 가르는
알록달록 피구공


이쪽저쪽 요리조리
요리조리 이쪽저쪽


개똥이 엉덩이 퍽!
소똥이 다리에 쾅!


개똥이 죽었다.
소똥이 죽었다.
두 명 죽었다.


내 마음은 하늘 붕붕
저절로 어깨춤 들썩들썩

운동장은 운동장은
행복 웃음 전쟁터

매일 해도 매일 해도
재밌는 행복 피구

# 하얀 솜사탕

# 하얀 솜사탕

몽글몽글 뭉게구름
하얀 솜사탕

달콤달콤 행복 냄새
입안 가득 사르르르

나는 행복한데
나는 괜찮은데

이 썩어요.
키 안 커요.
엄마 사랑 잔소리

그래도 먹고 싶은
하얀 솜사탕

# 한 골 차 승부

# 한 골 차 승부

삑~ 삐이익!
시작을 알리는 휘슬 소리


응원석 들썩들썩
우렁찬 응원 소리


우리 쪽 공이 오면
심장이 콩닥콩닥


상대 쪽 공이 가면
심장이 쿵쾅쿵쾅


수비수 휙휙휙!
"슛~" "공이 슝"


골망이 흔들흔들
골! 골! 골! 기쁨의 외침

꼼지락꼼지락

느릿느릿 가는 시간


삑~ 삐이익!

기쁨과 승리의 휘슬 소리

# 하나 된 마음

# 하나 된 마음

작은 손
줄 꼭 잡고


예쁜 입술
앙~ 다물고


줄 하나로
하나 된 마음


시작을 알리는
신호 총소리 탕~!


영차영차! 청군 이겨라!
영차영차! 백군 이겨라!


기쁨과 아쉬움
신호 총소리 탕~!

엉덩방아 풍덩!
땀은 송골송골

땀방울 식혀주는
고마운 가을바람

# 이어달리기

# 이어달리기

출발을 알리는
신호총 소리 "탕!"

앞서거니 뒤서거니
"와아~" 함성소리

이마엔 땀이 송골송골
가슴엔 북소리 쿵쾅쿵쾅

"할 수 있어!" "할 수 있어!"
간절한 소원

승부를 알리는
신호총 소리 "탕!"

헉헉! 숨이 끊어질 듯
다리는 후들후들

땀범벅 환한 미소
눈물범벅 아쉬운 표정


손 내밀어
쓱~ 잡아주고


가슴 내밀어
쏙~ 안아주고

운동장 그득
응원의 박수 소리

# 살아 있는 얼굴 도화지

# 살아 있는 얼굴 도화지

슬금슬금
살금살금

친구 얼굴 콧잔등에
친구 얼굴 이마 위에
친구 얼굴 입 주변에

콧잔등에 양반 수염
이마 위에 놓인 주름
입 주변에 하트 그림

햇살 가득 이른 아침
졸린 하품 피곤 가득

너를 보며 깔깔깔깔
나를 보며 데굴데굴

영원히 기억될

얼굴 그림 전시회

# 우리들의 작은 무대

# 우리들의 작은 무대

무대 뒤 긴장 가득
심장도 콩딱콩딱

커튼이 열리고
음악이 나오면

오늘은 내가 주인공
오늘은 내가 연예인

순간! 얼음 땡!
심장 쿵! 숨이 턱!

고개 푸욱!
눈물 핑!

"괜찮아", "잘할 수 있어"
관객 응원 소리

엄마 품으로 뛰어가

폭 안겼어요.


젖은 볼 만져 주는

따뜻한 엄마 손

# 불어라! 바람아!

# 불어라! 바람아!

왁자지껄 웃음소리
겨울 학교 운동장

휘청휘청! 빙글빙글!
바람도 이리저리

바람 슝~ 방패연이 훨훨
웃음이 팔락팔락

이리저리 뛰는 아이들
가슴 콩닥 숨 가쁜 소리

적막한 학교 운동장에
웃음 행복 가득가득

쌩쌩 불어라! 겨울바람아!
쌩쌩 불어라! 행복바람아!

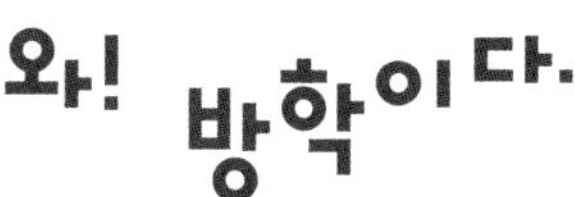

와! 방학이다.

# 와! 방학이다.

"와~" 방학이다
"와아~" 즐거운 방학이다


"길 조심, 불조심"
"일기는 매일매일"
"방학 동안 건강하게"
선생님 당부 말씀


실천할 수 있을까?
내가 만든 방학 계획


"하루 책 두 권씩 읽기."
"하루 네 시간 공부하기."


내 마음은 내일부터
푹 자고, 실컷 놀고

내 마음은 벌써

외할머니 댁으로


교문으로 깡충깡충

신나는 발걸음

오늘도
웃음꽃 피는
학교에 갑니다

1판 1쇄 발행 2025년 8월 26일

지은이 윤상원

편집 정세화
마케팅·지원 이창민

펴낸곳 (주)하움출판사   펴낸이 문현광

이메일 haum1000@naver.com   홈페이지 haum.kr
블로그 blog.naver.com/haum1000   인스타 @haum1007

ISBN 979-11-7374-158-6(03810)